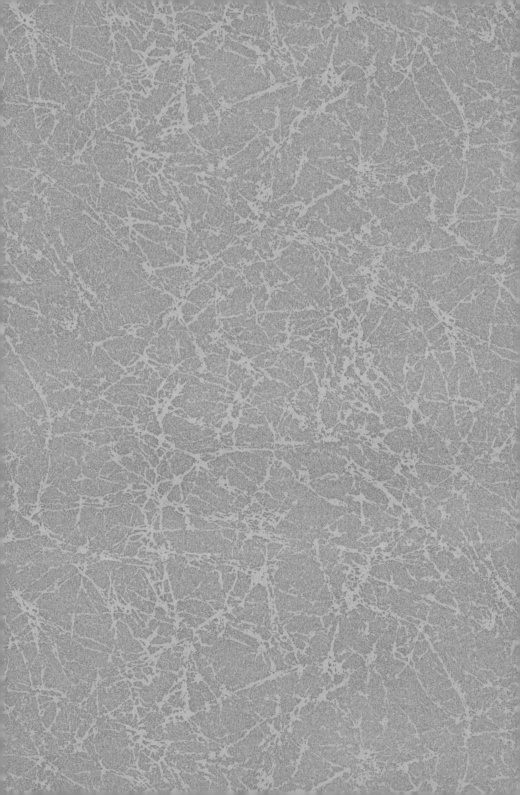

与那覇恵子

詩集

沖縄の空

コールサック社

詩集

沖縄の空

目次

Ⅰ章　沖縄の空

新年のご挨拶　10
つぶやき　14
沖縄の空　18
わたしの沖縄　22
安和《あわ》の桟橋にて　26
黒い塊　32
抵抗の朝　36
島　40
立ち尽くす人　46
日本列島の朝　50

Ⅱ章　一日のおわりに

夜明け　56
朝　60
朝食　64
今日のニュース　68
ゴミ集積場　72
ミカン箱　76
わかったこと　80
母　84
老人　88
一日のおわりに　92
気づき　96

Ⅲ章　人間

普通の日　100
人間　104
生活　106
食べる　110
穴が空いた日本　114
大きな声　116
見えない手　120
COVID-19　124
スペインにて　130
ポーランドにて　134
旅の切れ端　138
日本のガザ　142
ギャップを見すえて　146

解説　鈴木比佐雄　150
あとがき　164
著者略歴　166

詩集

沖縄の空

与那覇恵子

Ⅰ章　沖縄の空

新年のご挨拶

「新春のお慶びを申し上げます」
年賀ハガキを前に
続ける言葉が　無い

厳しい時代ですが……
正月に似合わない
劣化し続ける日本ですが……
そんなこと書けない
戦争の危機が迫る日々ですが……
書けるはずが無い

新しい年に向かう言葉が
見つからない

米軍機の轟音が
明るい朝を　突き刺していく
沖縄の島々を　くし刺しにして
突き抜けていく
考えても　考えても

出てこない

そう　これしかない……
出てきた言葉
それは

沈黙

日本という国の
あまりの理不尽さに
あまりの愚かさに
耐えきれるのは

沈黙

もう
深い沈黙　しか
残っていなかった

つぶやき

「戦争の足音が聞こえてくる」
しきりに言っていた
おじい、おばあの声が
遠くなっていた

いつもの朝だ
米軍ヘリは　頭上すれすれに飛んだ
コーヒーの香りで一日が始まる

ビリビリ大気を震わせて

近づいてくる騒音
「今日のランチは何にしようか」

灰色雲の下を
バタバタとまた　黒い影が横切っていった
「明日は　晴れるだろうか」

踏みしめた地面から
力を込めて投げつけた
怒りの向こう
もう一機が飛んでいく

踏ん張って立つ
小さき者を覆う
広大な空

重そうに
雨をためこんで
雲が広がっている

「明日は……」

沖縄の空

空を突き刺し　切り取り
雄叫びをあげながら
かなたに飛び去る　ジェット機
貪欲な盗人たちの　甲高い叫びが
頭上に　とどろき残る
「インディアン嘘つかない」
あの日　馬上のインディアンは
裏切り続け奪い続ける白人を見下ろして
言った
歴史は繰り返す

地の奥底から湧き上がる
不気味なうなり声
曇り空の下　這いずり回るオスプレイ
愚かな者たちの　ひそひそ声が
くぐもって　聞こえてくる
アジアの歴史は怯える
殺し尽くし　焼き尽くし　奪い尽くした
あの日の鬼畜の亡霊に　怯える
歴史は甦る

沖縄の空は
一杯になった
傲慢な者たちの　甲高い声
邪悪な者たちの　うなり声

無邪気だった空は
とうとう
一杯になった
盗人たちと　愚かな者たちの
騒々しい　おどろおどろしい合唱

ふつふつと　怒りをたくわえる
小さき声を　静かに　積み上げる
真の敵を　空ににらんで
沖縄は　立つ

貪欲な盗人たちが　奪えない
邪悪な愚か者たちが　持ち得ない
誇りと尊厳を　拳に握りしめ
人の証の　二本足で

空の下に
立つ

わたしの沖縄

私が　生まれた時
目の前には　鉄条網があった
尖った針は　私達に向いていた

私が　小学生の時
鉄条網は　太く強く伸び続けていた
大人達は　提灯デモを続けていた

私が　中学生の時
同級生が　俳句大会で全国一に輝いた

「原潜の記事しきりなり　島の秋」

私が　高校生の時
ドルが　円に変わった
五月十五日は　土砂降りの雨だった

私が　大学生の時
留学したアメリカで　聞かれた
「ナイフとフォークは使える？」

私が　社会人になった時
初めての東京は
アメリカより遠いと　知った

そして今

復帰五十年の沖縄は
鉄条網でぐるぐる巻きにされたまま
もう一度
ニョキ　ニョキ
列島から　突き出る
何万本、何百万本もの手で
差し出されようとしている

ナイフとフォークを持った
大国のテーブルの上に

米軍機が　突き抜けていく

青い空に
鉄条網で引っかいたような

傷跡を残しながら

安和《あわ》の桟橋*にて

あの山に
もう
木々の緑は　無い
ギザギザの白い傷口を
青空にさらして
えぐられた
傷だらけの身をさらして
立っている
恥をこらえて
立っている

台風から人を守るため　だった
百年かけて身を削るつもり　だった
でも
友を埋めるため
それだけのために
ただ　それだけのために
削られ続ける日々

人の欲は　日に日に
スピードを増し
その身は
みるみる細く
尖っていく

何台も　何台も
黒いトラックは列をなして
今日も　並ぶ
「いただきものをいただいたら　おさらばさ」
言い捨てては　砂塵をまきあげ
山の肌を　白く切り取り
海の青を　赤く染めて
走り去る

誇りある歴史が
目の前で　削られていく
削られる歴史の上に
重ねられる
琉球が琉球を売る　歴史

黒い巨体が連なる列の　最前線には
今日も　小さな人間たち
円陣を張って　何度も何度も
小さな声を　はりあげている
山が　泣いている
海が　悲鳴をあげている
山から
海から
命が　削られていく

トラックは　走り去る
太った図体を揺らして　走り去る
「いただきものを　いただいたら
　山にも　海にも　ちっぽけな人間たちにも　用はない」
山を崩し　海を埋め

刻々と形作られる
人の命を削り続ける　基地という人災

山を　削るのは　誰？
海を　埋めるのは　誰？
誇りある歴史を　削るのは
歴史の恥を　上塗りするのは　誰？
日本という名の下で　歴史を作るというあの人たち
琉球という名の下で　歴史に目をつぶるこの人たち
琉球という名の下で　共に罪を背負う　わたしたち
琉球が　琉球を売った……
報いを受けるのは
悲しいけれど

わたしたちだ

＊新基地建設のため辺野古の海が埋め立てられているが（工事費九三〇〇億円）そのための土砂が
沖縄県名護市安和区にある琉球セメントの桟橋から積み込まれ運ばれている。

黒い塊

夜を　乗り越え
朝が　きた

心のなかに
ぶら下がる　おもり
黒い塊を　抱えて
今日が　始まる
昨日の重さに　よろめきながら
小さな一歩を　踏み出す

地球の片隅にのっかる　島々に
大海に縮こまる　ちっぽけな島々に
こぼれ落ちた　太陽のかけらは
日々
強さを　増していく

「要らない！」
と叫んだのに
「もう要らない！」
と叫び続けたのに
また、いつのまにか
重い武器を　ぶら下げられ
よろめきながら　歩き始める

ほこりの溜まった　街のすみずみを

光が　突き刺していく

見えてきた

あそこにも
ほら
ここにも
黒い塊が……

あの日
目の前の海の青を　黒く埋めて
戦争がやってきた
この　塊が　溶けていくには
この　重さから　解き放たれるには
もっと　光が……

もっと　朝が……

朝が　来た

抵抗の朝

朝のチャンネルをひねった
明るい声で　可愛い女性レポーターが伝える
ミュージックビデオが発売されました!!
チャンネルを変えた
タレント～さん、初の海外ドラマ進出です!!
女性アナウンサーが　目を輝かせている
晴れやかな芸能ニュースのオンパレードだ
日本は　楽しいらしい
NHKに変えた
生ゴミの臭いにおいがなくなりますよ!!

キッチンの生ゴミを集める便利グッズを
楽しそうに紹介している
次は　簡単にビニール袋があけられる便利グッズです!!
日本は　とても便利な国らしい
最後の望みをかけて　チャンネルをひねった
災害に備えて　必要最低限の物を準備しておきましょう!!
避難には　これとこれを持って行きましょう
いや
危機は
すでに目の前だ

今朝の新聞に躍った
大きな黒い文字
「土地規制法成立」
台所のすみずみ

日常のこまごま
あいかわらず　日本は
小さなことに　精一杯で
大きなものを　とりこぼす
大きな黒い影を　隠すために
小さな隅に　光をあて続ける

これが　今の日本
期待できるものは……
残っていない
何も

迫り来る黒い影におびえながら
立ち上がる
「土地規制法成立」

文字がつき刺さったままの
痛む胸を抱えて
心にぽっかりと空いた穴を抱えて
立ち上がる

そんな芸能ニュースで痛みが消えるものか
そんな便利グッズで埋められてたまるか
避難場所も時間もないのに避難用具点検なんてできるものか
怒りをこめて　テレビを消した
わたしに　できた抵抗
せめてもの　抵抗

テレビのように
現実が消えるのなら
国が消えるのなら

島

風は　止まっていた
時は　張り付いていた
人は　部屋の奥に縮こまっていた

きしむ板戸を開けると
高齢の伯母は
入ってきた眩しさに
目を細めた

時を刻む針は
柱時計のなかで固まったまま

それでも
うす暗い部屋で
日々の営みは
刻まれていた

壊れた小屋に
馬はすでに　いない
駆け回る子供達の歓声は
もう　聞こえない
井戸の上の石は　重い蓋となり
水は　よどむしかなかった
廃墟の崩れは　風景になって
空は青い
小型バスの集積所で
島の若者が　人待ち顔で立っていた

空港は　広く明るく
笑い声が　響いている
近くの　大型スーパーマーケットでは
部屋の奥から出てきた人々が
日々の生活のあれこれを
忙しく　かき集めている

肩寄せ合った田舎臭い飲み屋街は　消えた
センスアップされて居並ぶ　おしゃれな飲食店街
出現した「リトル東京」に
訛りのない流暢な日本語に
観光客が　島人が　吸い込まれていく

そこから　少し遠い場所で

きびきびと　動き回る人達がいた
潮の満ち引きと　島人が繰りかえす日々
飛び散る陽光と　ちゅら海に群がる観光客の歓声
すべてを　きっぱり切り離し
まったくの　無関係さで
口を固く結び
海を越えた仮想敵国をにらみつけ
盛り土の弾薬庫を守り
遠く伸びたミサイル発射装置を
磨いている

ニライカナイの神は
海の向こうから
やって来るのだろうか

わたしたちの刻む日々に
確かな伝統文化は
その力を脈々と　蓄え続けているのだろうか

立ち尽くす人

兵庫から　来たと言う
流浪の日々を終え
郷里で　静かな日々を

でも
立ち尽くすしかなかった
郷里の丘の　緑の連なりは
灰色の　鉄線の連なりに
懐かしいはずの人々からは
うちな〜口が　消え

なじめなかった　日本語が
通じ合えなかった　言葉が
失望を噛みしめて
戻ったのだ
流浪の日々へ

ただ
立ち尽くすしかなかったのだろう
変わり果てた郷里に
遠くに行ってしまった
足早な人々の　うしろ姿に
かみしめたものは
立ち尽くすしかない　時

「頑張ろう」

送ったメールに友はつぶやいた
「勝つまであきらめなきゃ、それゃ、負けるときは来ない」
辺野古に立つ人達の背中に
「勝つまでは　あきらめない」
目前に　そそり立つ
巨大な　コンクリートの壁
空を刺し続ける　有刺鉄線

立ち尽くすしかない時　がある

街角には　もうクリスマスソング
あなたは　何をしてきたの？
わたしは　何をしてきたのか？

強き者に破壊されていく海を見つめて

灰色に染め変えられる青を見つめて
恐怖と不条理の有刺鉄線に囲まれて
ただ
立ち尽くすしかない人達　がいる

日本列島の朝

夜が明けたか……
窓に白い光が広がっている
喉に突き刺さったまま
棘が抜けない

「戦場となる沖縄[*1]」

「酷い」「あまりに酷い仕打ちだ」
呟きは　日課となった

これが
孫や子供達に残す沖縄だ
抵抗　空しく……

「こんな沖縄に誰がした[*2]」

あのとき
日本に復帰したら　沖縄はついに
米軍のくびきから解き放たれるのだと……
大人達は　基地無き沖縄を描いて
空をあおいだ
子供達は　降ってくる白い雪を夢見て
空をあおいだ

あれから　五十年

くびきは　ますます
長く　太く
喉の棘は　ますます
鋭く　強く

今日も
柔らかな空に
鋭い引っかき傷を残し
低空飛行の轟音が
恐怖を　まき落としていった

テレビは賑やかだ
「今朝、注目のニュースは？」
顔をあげると
「ハンバーガーのサイズがビッグになりました‼」

ＳＮＳで、バズったのは？
販売機からやっと買えたお目当てのドリンク
歌い踊る十代のグループシンガー
便利グッズに感嘆の声をあげる主婦
大口でかぶりつき食レポをするタレント
愛嬌たっぷりの男性司会者に
ニコニコ美人の女性アナウンサー
「明るいニュース」が
全国を　かけめぐる

日本列島は　笑いながら
明るく　沈み続ける
再びの闇へ

その南の先

再びの人身御供
差し出された
沖縄が
怯える

＊1　与那国・宮古・八重山・沖縄本島を指す（沖縄県）
＊2　大田昌秀著の本（同時代社・二〇一〇年刊）のタイトル

Ⅱ章　一日のおわりに

夜明け

心の隅に　残っていた
小さな黒いしみのような不安
うすあわく　広がって
今日
灰色の空
昨日の残りものを抱えて　起きる
その分少し　体が重い
ひかりは　これからだ

生まれたての

今日を吸い込む
雲の切れ間から
しろい　ひかり
不安の粒を　ひとつ
また、ひとつ
空へと　蒸発させていった
今日は　これからだ

青い地球が　ゆっくりまわって
やってきた　朝
そのことが
ただ、ただ嬉しい小鳥たちの
無邪気なさえずり
地球に生きるに
最もふさわしい者達

小さき者達
に　背中を押されて……
向こうからも
人間が
顔を　出してきた

朝

人間達が
這い出してきた
もぞもぞと
這い出してきた
うつろに　夢をひきずって
「おはよう」
おわりと　はじまりが

連なって　続く
でこぼこと
団子になって　続く

さて
おわりはいつだったか
記憶は　淡くなりはじめ
また
はじまりを　むかえた

ポキポキ
堅くなってきた体を
ほぐしながら
ほぐせなかった昨日につながる今日を
はじめようとしている

コーヒーに　ただよう
昨日の　残り香を
むりやり　飲み干して

遠く　連なる
昨日と　今日と　明日
を　眺める

さあ
今日を　はじめよう

朝食

「フン、何を言っているんだ、馬鹿野郎！」
広げた新聞に
夫が　怒りをぶつける

「誰なの？　そんなこと言っているのは！」
新聞をのぞき込みながら
コーヒーを注ぐ

今日も我が家の朝は
怒りで　始まる

沖縄の朝が
怒りで　始まる

小さな沖縄に
マグマのように　溜まる
こころの奥で　溜まる
熱を帯びていく怒り
辺野古沖に溜まっていく土砂
海の青を消していく土色

テレビでは
日本の首相が愛想笑い
アメリカの大統領が高笑い

チン！

勢いよく音を立てて
トーストが焼けた

今日のニュース

男性が逮捕されたという
働き盛りの男性だ
盗んだものは

電気……

軽自動車の車内に散乱する
空のペットボトルと
プラスチックの弁当ガラ
ホームレスの彼は

軽自動車での日々を生きていた

コンビニの片隅で
コンセントに繋いだ
あたたかい白米を炊き
具の無い焼きそばをあたためて
窃盗で逮捕された

コンビニの隅に残されたのは
先進国と言われた日本の
豊かな国と言われた日本の
どうしようもない寂しさと哀しさ

「誰一人とりこぼしの無い政治を‼」
選挙カーは　甲高い

でも……

ここの角にも
あそこの隅にも
とりこぼされた人の
寂しさと哀しさが
張り付いている

ＩＴとやらが大手を振って闊歩して
メガ企業がぶくぶくと太り
巨大な手にからめとられた地球から

今日も
人間が　こぼれ落ちていった

ゴミ集積場

絡み合い
渦巻き
固まりあって
積み上げられた
得たいのしれないものたち

日々の生活から吐き出され
人の息と汗にまみれ
人の手におえぬほど
ぶくぶくに肥大して

次々と投げ込まれていく
不気味に開けた口の中へ
深い闇の底へ

四角い形、丸い形
赤かった、緑だった
ピカピカ光っていた
すべすべしていた
甘かった、苦かった

自分が何ものであったのか
遠い記憶を喪失して
暗い底に　落ちていく

朽ち果てるために
存在そのものを失うために

人が　生きるために
吐き出されたものもの
人が生き続けていくために
吐き出され続けるものもの

おそるおそる
のぞきこんだ
深い底に
人間が　いた
眼をぎらぎらさせて
いた
ひとりひとりが

囁いていた

囁きは
絡み合って
渦巻いて
叫んだ
深い底から叫んだ

「今日を　生きたぞ!!」

「明日も　生きるぞ!!」

ミカン箱

正月前に買ったミカン
大事に取っておいたつもりが
閉めっぱなしの箱の中
そう
ぎゅうぎゅうに詰められたミカンは
押しつぶされた下から腐って
次第に上へと伝染していった

今
ミカンは上から腐り
下へと急速に伝染している

くっつきあったミカンは
黒い斑点が広がり
ぶくぶくに太り
下へ下へと腐敗を広げる
すえたにおいは　もう
箱の外まで漂い始めた

「どうにかしなきゃ」
箱のまわりで焦る人
「いつからそうなってしまったのか」
箱を見つめて呆れる人
「まだ大丈夫な奴を取りだそう」
「腐敗がうつらないうちに」

もう
生き生きした鮮やかなミカンは
数えるほどになってしまった
ぷちぷちの実
すべすべの皮
優しく甘い香り
みな　遠い記憶の彼方に行ってしまった

今は
誰も箱を開けようとしない
中をのぞくのが恐い
誰も箱を持ち上げようとしない
腐ったミカンもろとも
ぼろぼろと破れ
箱は底から抜け落ちてしまう

それでも
しわしわの実で
ごわごわの皮の
ミカンたちは
外の憂いはお構いなく
「忖度」菌も広がって
くっつきあって叫ぶのだ
すえた臭いを漂わせ
箱の中で反響する
声・声・声

「アベノミクス日本!!」

「美しい国日本!!」

「日米安保万歳!!」

わかったこと

夜に　走る
真っ黒な不安に
飛び込む
不安を引きちぎって
走る

闇を引きちぎって
走る
闇の正体は　不安だった
握りしめていたものは

不安だった

朝に　歩く
白い光のひと筋が
あわい希望が
少しずつ　束になり
強さを　まし
闇を　破り
歩道に　伸び
家々に　手を差し伸べ
丸い地球に　広がっていく

光は　希望だった
開いた手のひらに
残っていたものは

希望だった

闇と光を　くりかえして
日々は　まわり
不安と希望を　くりかえして
ひとは
老いていく

母

八十八歳の母は　繰り返すようになった
「どこに　行くの？」
「何を　するの？」
絡み合う記憶を　ほぐすように……
おぼろげにかすむ向こうを　見ようと……

膨れ上がるイライラを
大きなため息に込めて　待つ
やっと　追いついて
母は　言う

「ありがとう」
待ちきれずに　手を貸す私に
「ありがとう」
疲れるわ……と呟く私に
「ありがとう」

そういえば……

言っただろうか？
幼い私を待つ母に
「ありがとう」と
忘れ物を抱えて追いかけてきた母に
「ありがとう」と

小さく縮こまった背を

さらに　丸めて
母は　今日も言う
「ありがとう」
そして　また
「ありがとう」

老人

小雨降る中
老人が行く

固い地面に
小さな背を折り曲げて
行く

黒い大きな傘の下
丸めた体を
ぐらりぐらりと左右に揺らして

一歩、一歩

見つめているのは
踏みしめる足下
切り取られた視界に
ひたすら向き合って
今日を歩く

若かりし頃
まっすぐに立って見上げた
その視線は水平線のかなた
明日を見つめて歩いた

今は
遠いあこがれよりも

この現実が　近しい

今は
見上げる空の青さよりも
見つめる足もとの地の確かさが
いとおしい

揺れる肩を濡らしながら
かすかにけぶる雨の中
少しずつ　少しずつ
老人は
遠くなっていった

一日のおわりに

産婦人科の病院の窓から
遠くを見て立っていた
そのひとが
噛みしめていたのは
命を生み出した喜び
ではなかった
夕陽に染まった後ろ姿に
漂っていたのは
何故だろう
それは

まぎれもない寂しさだった

気がつけば
ことばの切れ端のように
寂しさはあちこちに漂うのだった

靴紐を堅くしめる
あの人の足下にも
屋根の上の鳥たちに微笑む
あの人の目の端にも

気がつけば
疲れに浸された体を
支えていたつっかえ棒も
いつのまにか

寂しさに
染まっていた

繋がろうとして
繋がりきれなかった
心の切れ端は
抱えきれなくなって
しみ出てしまった
寂しさは
ほろほろと　ただよって

あちらにも
こちらにも
落ち葉のように
枯れ葉のように

夕陽に染まって
うずくまっていたのだった

気づき

「夜よりも……」
「朝がつらいのです」
引きこもり三十年の五十八歳は言った
「夜は闇だ」
「朝はひかりだ」
朝に元気をもらう私は　驚く
夜の向こうは　静かだ
誰もが活動を止める

朝のこちらは　にぎやかだ
誰もが活動を始める
「おはよう!」
「今日も一日頑張ろう!」

それが　つらい……

バリバリと
きっぱりと
まわり始める　社会の歯車
こぼれ落ちる　ひとり
寂しい一日を座り続ける　ひとり

つらい……

「夜は闇だ」
けれど
「身を隠せる安全な闇だ」

疲れた心を　ひきずって
傷ついた心を　抱きしめて
夜は　人に

優しかった

Ⅲ章　人間

普通の日

今日は　お風呂に行こうか
天井をあおいで　ぼんやり考える
トースターがチンと鳴った

ふつうの日のにおいは　香ばしい

手元の新聞は　伝える
「安保法案　審議中」

つめが　少し伸びてきたかもしれない

足先がむずがゆい
そろそろ　切っておこうか

ふつうの日の時は　優しい

傍らの本は　問う
「なぜ　人類は戦争をするのか？」

昼ごはんは　スパゲッティでもいいかも……
ふつうの日の朝に　ゆっくりと立ち上がる
今日も　暑くなるかもしれない

足元の一冊が　叫ぶ
「大きな戦争が迫りくる」

あふれんばかりの光を押して
ドアを開けた
ふつうの日を　抱えて
ドアを開けた

「誰にも　渡すまい！」

しっかりと　小脇に
抱えなおして
今日に
足を踏み出した

人間

うっすらと
ひとすじの
悲しみのようなもの
が
人の背に　走っている
人の記憶に　けぶっている

だから
その重みで
だから

その痛みで
かろうじて
吹けば飛ぶような　人間たちが
地球に　突っ立って
いられるのだろう

生活

バスの中で聞いた
「伊江島で民家近くに
　演習中の照明弾が落ち……」
帰りのタクシーの中で聞いた
「コザで営業中のバーに
　米兵が催涙ガスを投げこみ……」
見上げた青空は
カーキー色との危なっかしい共存にゆれる

「防衛庁を通して厳重な抗議を……」
いつもの決まり文句で
すべては片づいて
あとは
中央から電波にのって
少女歌手の無邪気な甘い声

防衛庁を通して濾過された
伊江島の農民達の恐怖は
コザの街の女達の怒りは
したたり落ちて　よどむ

幾重もの壁を向こうに
今日もまた

沈黙となって　積もる

風にあおられて
沈黙の粉塵は街を舞うのに
街は　まぶしく明るくたくましく
あくまでも　そしらぬ顔

大人達は
沈黙の重さを忘れるために
若者達は
大人達の沈黙に気づかぬために
「忙しい」とくり返す

信号が変わった
くり出した同胞達は散ってゆく

それぞれの忙しさの中へ
買い物カゴにしみこんだ夕日が
痛い

食べる

食堂で　出会う
ただ　食べる男《ひと》に

白く輝くご飯の塊を
大きく開けた口に　押し入れ
皿に盛られた　野菜炒めに
頭を　垂れ
ひたすらに　食べる
全力で　食べる
与えられたものに

深く向き合う
今日を生きる人
真剣さが　光となって
コロコロ　ころがってくる

食べる男《ひと》は
ただ
美しかった

レストランで　出会う
ただ　待つ女《ひと》に
運ばれてくる食を待つ
広がってしまう笑みを
静かに　抑えて

けれど
湧いてくる期待が　あふれて
瞳は　輝いてしまう
明日を生きようとする人
喜びが
光となって
ぽっと　ともっている

食べるを待つ女《ひと》は
ただ
幸せだった

穴が空いた日本

気がつけば
まわりは
魂を食われた者たちばかりだ
日本の真ん中に　東京の真ん中に
そびえ立つ　白い建物
高価な背広を着込んで　記者団に囲まれている
もっともらしい　使い古しの台詞をくりかえし
忙しさをひけらかして　足早に歩き去る
その後ろ姿に
ぽっかり　空いた穴

気がつけば
とうの昔に　食われてしまっていた
大国の怪物に

穴の空いたロボットたちは
ぼそぼそと　原稿を読み上げる
読み間違えないよう　一字一句を読み上げる
指をなめなめ、日々をめくって
国が　流れていく
あなたも　わたしも
流されていく
魂を食われた者たちの振る指揮棒に
首をふりふり
飲み込まれていく

大きな声

私は　小さく笑ったのだった
マイクなど要らない　大きすぎる彼らの声を

手を上げた男性は質した
「状況などわかっている。聞きたいのは
　では、どうすれば良いのかだ！」
危機感と焦燥感で　体を震わせて……
その場に放たれた矢だった

立ち上がった女性は言った

「厳しい状況だけど、でも、いろいろ学べて良かった！」

大げさなジェスチャーで　顔中を笑顔にして……

その場を救った明るさだった

私は　気づいたのだった
彼等の声の大きさの　何故に
受付にあった団体名簿
そう、彼らは米軍基地爆音訴訟団のメンバーだった

頭上にとどろき渡る轟音に晒され続けながら
朝に挨拶をし、昼に笑い合い、晩に食卓を囲み
爆音のなかで　生きてきた人たちだった

この人は五十年、あの人は六十年
頭をなぐりつける暴力音が

かつての戦争と　迫り来る戦争の恐怖を
たたき込んでいく
爆音が溶け込んだ日々は
攻撃的な鋭さになり　大げさな笑いになり
そして　誰もが
大きな声になってしまっていた

「せめて爆音の無い夜を」

けれど
大きくなってしまった声も
鋭い糾弾も　それでも笑う声も
遠い日本には届かないのだった

小さく笑った後の　大きな悲しみは

大きな声の悲しみは
行き場を失ったまま
心の奥底に
静かに
ゆっくりと　重く
沈んでいった

見えない手

サイレンが鳴り響いている
遠くで
うぉ～ん、うぉ～ん　と啼いている
迫り来る
不吉なものに　怯える犬の
遠吠えのように
何度も　何度も
空を　街を
震わせ続けている

私たちには　見えない手が
影のように　大きな手が
伸びている

それを　警告しているのか？
それとも
見えない手の　先導車なのか

サイレンを
鳴り響かせる者が　いる
穏やかな日常を
壊していく者が　いる

心突き刺すサイレン　ではなく
こどもたちの　歓声を

心暗くするサイレン　ではなく
こどもたちの　笑顔を
サイレンが走り回る通り
ではなく
こどもたちが駆け回る広場を

大きな暗い手に　絡め取られる私たち
ではなく
見えない手をガッシと　つかんで
振り払う私たちを

COVID-19

不安が　うずくまり始めた
朝刊を手にする人の瞳の奥で
人の消えた通りの片隅で

ふわふわと　漂っていた不安が
あちらこちらで　固まって
ぶくぶくと　形になってきた
脅威が生み出す日々の不安が
はっきりと　見えてきた

世界の向こうで
日本のここで
人が　死んでいく
痛む心を　抱え込む朝

けれど
見えてきたものがある

この国を牛耳る者達の
悲しいまでのおろかさと
この国をおごってきた者達に
つきつけられたこの国の
ありさま

見えてきたものがある

この地球を牛耳る人間の
悲しいまでのおろかさと
この世をおごってきた人間に
突きつけられたこの星の
ありさま

やっと
見えてきたものがある

人が消えた通りにひろがる
あの空の青さ
人が消えた通りに横たわる
あの動物たちの優雅さ

そう
コロナは　ひもといて見せた
人間が地球で繰り広げてきた
おろかさを
鮮やかに　端的に

この国を手玉にとってきた者達の
おろかさを
手のひらを　広げて　見せた

「どうせ国民はすぐ忘れる」
首相に言われた国の人々は
記憶に刻み込めるだろうか

積み上げられた弱者の死体と

恐怖と不安の中に閉じこもり
怯え続ける人間達と
人が消えた空のすがすがしさと
大地にくつろぐ動物達のはれやかさを

そして

アジアの国々や隣国を見下し
つかの間の成金に舞い上がってきた
この国の三流国ぶりと
修飾語と忖度に隠されてきた
この国に座する者達の
恥ずかしいまでの
おろかさを

スペインにて

「ハッ！　ハッ！　ハッ！」
突然　空に響いた
鋭く　甲高い
笑い声

テレビ画面で何度も見た　世界遺産
陽に照らされて　まぶしく立つ
世界のすみずみから　集まってきた人々
群れは　丘の上を目指して　動いていく

焼けた赤ら顔　刻まれた無数のしわ
声の主は　群れの中から　顔をあげた
見上げた目に　満ちていたのは
苦痛と　怒りと　悲しみ

行き交う足下に　布一枚を広げて
大声で呼びかけ続けていた　その人は
観光客の笑い声をまねた　その人は
幸せでは　なかった
この日一日を　生きたいがため
足早に過ぎる　人、人、人の波に
声を　はり上げ続けてきた
無邪気に　青い空に投げられた
明るい笑い声

をまねた　その人は
笑ってなどいなかった

向こう側から　押し寄せる人達
こちら側から　押し向かう人達
行き来する　足もとに
粗末な　小さな物を　並べて
色とりどりの服に身を包む人、人、人の
波間に　浮かんで

行き場を　失い
帰る国を　失い
笑い声を　失って

その人は

観光客の笑い声を　まねたのだった

苦痛と　怒りと　悲しみで
張り裂けそうな
笑い声を　ひとつ
高い空に向かって　放り
投げ捨てたのだった

ポーランドにて

澄みわたる空は　高く広く
花々は　空を見上げ
木々の緑は　背を伸ばし
若者たちは　さわやかに　通り過ぎ
老人たちは　ゆったりと　窓の外を眺める

目の端に　映ったのは
公園の隅に　座っていたのは
若い父親と　美しい母親と
可愛らしい　女の子ふたり

差し広げた小さな手のひらに
硬貨を　ひとつ　置いた
途端
はじかれたように　飛び出してきたのは
父親だった
哀願する　その眼に
節だった手に
硬貨を　もうひとつ

友の群れに
追いかけてきた女の子は
抱きつき　ほおずりをして
また　手を広げた
繰り返されてきた　行為
感謝ではない　再度の哀願

硬貨を握りしめ
駆け戻っていく

美しく晴れた　空の下
日々を　必死につなぐ
ひとかたまりの　人達は
見知らぬ国から
たどり着いた　人達だった

これからの日々を
遠くに　見つめて
不安に　かたまって
座り続ける　人達だった

旅の切れ端

いたことがある
あの通りに　ひとり

とりあえず
文房具店に　入って
色鮮やかなカードの　いろいろを
横に踊る英文字のかずかずを
見てまわって
時間をつぶした
いつのまにか外は

セピア色の夕暮れ
老人が待つバス停に　並んで立った

あのとき
私は　確かに　外国人だった

いたことがある
あの場所に　ひとり

突然の　シャワー
斜めの雨の中を
カッパを頭だけにかぶせて　慌てる男性
両脇のかごを押さえて　駆けていく女性
濡れながら　一心にペダルを踏む自転車の若者
雨に走り回る異国の人達を

ぼーっと　見ていた

あのとき
私は　確かに　旅人だった

急ぎ足の日々に　押されて
遠く　かなたに揺らいでいた
のに
突然　薄煙に立ちのぼる

見慣れた日々の中で
ひょっこり
顔を出す

旅の　切れ端

日本のガザ

「世界が私たちを攻撃している！」
瓦礫の山から　空を見上げて　男は　怒り叫んだ
「誰も　私たちのことなんて考えてくれない！」
死んでいく子供を　抱きかかえて　女は　泣き叫んだ
「いや、違う！」
張り上げた声は　テレビ画面にぶつかって　散った

小さな島の　小さな声は　届かない

怒り悲しみ　拳で地を叩く男たち

嘆き悲しみ　地に身を投げ伏せる女たち
子供たちは　不安に体を寄せ合い
幼子は　恐怖に目を見開く
彼等は　命をかけて　私たちに突きつけて　教える
人間の愚かさと醜さを
とどろく爆音と怒号のなかを　煙を上げる街なかを
カメラを手に走り回る
彼等は　命をかけて　私たちにえぐり出して　見せる
この世界の嘘と欺瞞を

今日もガザでは　子供たちが命を奪われ　母親が泣き崩れる

沖縄の空は　青い

テレビ画面の前で

日々の底に溜まっていく私たちの怒りは
心の底に沈んでいく私たちの悲しみは
海の向こうに届かずに　揺れる

ただ、確かなこと
日々　確かになっていくこと

あなたたちの怒りは　私たちの怒り
あなたたちの悲しみは　私たちの悲しみ
「あなたたちは　私たちだ」
あなたたちは　私たちだったし
今日のあなたたちは　明日の私たちだ

ほら
あなたたちの声は届いていたよ

ほら、世界のあちこちで人々が立ち上がり始めた
私たちも声をあげていたよ
もっと　もっと　もっと　沢山の人たちの声を!!

でも……と
小さな島の　小さな声はつぶやく
植民地にされ　今、また戦場にされる島々はつぶやく
恐怖に固まりながら　自己卑下に固まりながら　つぶやき続ける

「誰も　私たちのことなんて」
「誰も……」

ギャップを見すえて

ギャップを埋めなければ……
必死に　言葉をくり出した
すきま無く　詰めていけば　埋まる
隙間に怯え　止まることに怯え
次々と　吐き出されていった言葉たち

ゴミのようになった言葉の山に埋もれ
敗北感と　罪悪感と　無力感に
埋もれていきながら
積み上げれば　積み上げるほど

軽くなっていく言葉は　紙切れのように
天井に舞った

ありったけを出し切ったあとに
残っていたものは　漂っていたものは
空しさ　と　自己嫌悪　と　ため息　と
ギャップ
それは　目の前に　在るのだった
さらに　大きな口を　広げて
まだ　そこに
ただ　そこに
在ったのだった

力尽き　沈黙で埋めようとした隙間は
口をあけたまま　冷え固まってしまった

そうか
言葉は　くり出されるものではなかった
吐き出されるものではなかった
積み上げていくものでもなかった

そうだ
言葉は　効率の良い大量生産ではなく
時間のかかる手作業で紡ぎ出されるものだった
あなたと　わたしの間を
行き来するごとに
熱量をもらい　エネルギーを蓄え
少しずつ　重さを増していく糸だったのだ
細い糸は寄り合って　少しずつ太くなる

さあ
手元の針を舐め舐め　目を細めながら
目の前のギャップを見すえて
埋める作業にとりかかろう

最後の隙間を埋めるように
差し出されるだろう
手と手を取り合うために

解説

他者との「ギャップを見すえて」言葉に希望を宿す人

――与那覇恵子詩集『沖縄の空』に寄せて

鈴木比佐雄

1

二〇一九年一月二十三日に刊行された与那覇恵子第一詩集『沖縄から　見えるもの』は、第三十三回福田正夫賞を受賞し、全国的にも高い評価を受けた。それから五年半を経て二〇二四年六月二十三日の奥付で今回の第二詩集『沖縄の空』が刊行された。

与那覇氏は高校英語教師の二十年近いキャリア後に、沖縄県名護市にある公立名桜大学で英語教育や通訳・ディベートの講座を十五年程されていた。第一詩集が刊行された直後の二〇一九年二月に「与那覇恵子先生退官記念最終講義」を学内で行い退官された。その時のプログラムの内容は次のようだった。

①Comparative Study of Elementary School English Education ――South Korea and Japan――
（小学校英語教育の比較調査研究――韓国と日本――）

②Okinawa under Early US occupation 1945-1953 ――Why was Compulsory Elementary School English-language Education Discontinued? ――How did the San Francisco Peace Treaty influence Elementary school English-language Education?——

（米国初期占領下の沖縄——何故必修の小学校英語教育は終焉したのか？——サンフランシスコ平和条約が沖縄の必修小学校英語教育にどのように影響を与えたのか？——）

この講義のテーマによると、与那覇氏は「小学校英語教育の比較調査研究」や「米国初期占領下の沖縄——何故必修の小学校英語教育は終焉したのか？」などから、戦後沖縄の英語教育の歴史や他国の英語教育との比較などを研究テーマにしていたことが理解できる。また名桜大学を退官した現在も、非常勤で通訳・ディベートの講座を受け持っている。最終講義の「米国初期占領下の沖縄——何故必修の小学校英語教育は終焉したのか？」の基になった研究論文を英文で執筆している。この膨大な沖縄の英語教育史は、米軍初期占領下の沖縄を教育的側面だけでなく、文化的側面、社会的側面、そして政治的側面などの多面的な観点から論じたものであると聞いている。このことからも英語教育、戦後英語教育史、通訳養成、ディベートなどの専門家である。与那覇氏は高校英語教師から大学での語学教育専攻の教授としての講義など、教育活動が中心であった。しかしその傍らに沖縄の琉球新報や沖縄タイムスの各論壇に評論を発表していた。その成果が第一詩集のすぐ後に刊行された評論集『沖縄の怒り　政治的リテラシーを問う』に結実し、重版にもなっている。さらに評論では語りきれない沖縄の民衆の思いを代弁するかのように、自ら一人の生活人である沖縄人の格闘する内面に問い掛けた詩作を続けてきた。与那覇氏は日本語書籍の英訳での出版や国際会議などでの通訳にも携わってきており、休みの日には英語教師仲間と英文雑誌「タイム」を読み合う定期のオンライン学習会を持ち、英語力向上と国際的情報収集の機会とされている。このように与那覇氏は多様な顔を持つが、その生き方は一貫性があり、教育・文化・歴史・時事問題などについて、一人の沖縄人として全ての関係性を抱え込んで多様な表現活動を誠実に行っているのがその特徴であるだろう。

2

新詩集『沖縄の空』は三章に分けられて合計三十四篇が収録されている。

I章「沖縄の空」（十篇）には、沖縄の現在かれている切実な問題が刻まれている。冒頭の詩「新年のご挨拶」の初めの二連を引用する。

「新春のお慶びを申し上げます」
年賀ハガキを前に
続ける言葉が　無い

厳しい時代ですが……
正月に似合わない
劣化し続ける日本ですが……
そんなこと書けない
戦争の危機が迫る日々ですが……
書けるはずが無い

台湾海峡の先で進行中の中国と台湾との複雑な問題の余波で、沖縄の先島諸島や沖縄本島がミサイル基地化して、戦争の足音が聞こえてくる情況になっている。そのことによって与那覇氏を含めた沖縄人は沖縄が再び本土の盾となるのではないかと不安を通り越して、何か絶望感をさえ感じていることを記している。詩「新年のご挨拶」では、賀状のお祝いの言葉さえためらう抑圧感を感じて、本当のことが言えないもどかしさを記している。近未来に本当になってしまう「戦争の危機が迫る日々ですが……／書けるはずが無い」という絶望に近い思いを、沖縄のミサイル基地化を進める政府を支持する本土の日本人たちに伝えるために、与那覇氏は逆説的なレトリックで次のように語っている。三連目以降を引用する。

新しい年に向かう言葉が
見つからない

米軍機の轟音が
明るい朝を　突き刺していく
沖縄の島々を　くし刺しにして
突き抜けていく
考えても　考えても

出てこない

そう　これしかない……
出てきた言葉
それは

沈黙

与那覇氏は無理に「新年のご挨拶」を探しているうちに、失語症になったかのように「沈黙」という言葉でしか表現できなくなってしまうのだろう。絶望的な情況に内面が抗うために、唯一できることとして「沈黙」という言葉しか思い当たらなかったのだ。最後の三連を引用する。

日本という国の
あまりの理不尽さに
あまりの愚かさに
耐えきれるのは

沈黙

もう
深い沈黙　しか
残っていなかった

「日本という国の／あまりの理不尽さに／あまりの愚かさに／耐えきれるのは／／沈黙」という四行の空白の後の「沈黙」は効果的だ。本土の日本政府の政策を支持する人びとに対して、同じ日本国憲法の下で同じ日本人であるのなら、もっと普遍的に自らの同胞として考えて欲しいという考える猶予を与えているかのように思われる。与那覇氏はさらに最後に「深い沈黙」を読む者たちに突き付けるのだ。「沈黙」を効果的に使うことで、「深い沈黙」の雄弁さを伝えようと試みたのだろう。

二篇目の詩「つぶやき」の初めの三連目を引用する。

「戦争の足音が聞こえてくる」
しきりに言っていた
おじい、おばあの声が
遠くなっていた

いつもの朝だ
米軍ヘリは　頭上すれすれに飛んだ
コーヒーの香りで一日が始まる

ビリビリ大気を震わせて
近づいてくる騒音
「今日のランチは何にしようか」

中国、台湾、米国、日本の関係が政治家たちの戦争を煽る言葉によってその緊張が高まると、きっと台湾には米軍基地は存在しないので、沖縄の米軍基地の訓練は頻繁に起こり、日本の自衛隊のミサイル基地化は急速に進んでいるのだろう。このままでは中国、台湾、米国の戦争に巻き込まれていくのは時間の問題と思われると沖縄の人びとが怯えるのは当然のことだ。沖縄戦の体験者たちが「戦争の足音が聞こえてくる」とつぶやくことを頷くように想起する。与那覇氏は沖縄の掛け替えのない日常の中に影を落とす、破滅的な情況を透視してしまう沖縄の人びとの思いを代弁している。詩の最終行は「明日は……」で終わっている。この三点リーダの中に何か言葉を入れて「つぶやき」を完成して欲しいと読者に問い掛けているのだろう。私なら「明日は戦争の足音を無くしたい」と考えたい。

三篇目の詩集のタイトルになった詩「沖縄の空」の一連の後半を引用する。

地の奥底から湧き上がる／不気味なうなり声／曇り空の下　這いずり回るオスプレイ／
愚かな者たちの　ひそひそ声が／くぐもって　聞こえてくる／アジアの歴史は怯える／
殺し尽くし　焼き尽くし　奪い尽くした／あの日の鬼畜の亡霊に　怯える／歴史は甦る

沖縄の人びとは、軍拡競争の果てに配備されたオスプレイや戦闘機などの騒音に苦悩し、ミサイル基地が増強される周辺に暮らし、近未来の戦争に備えさせられている。それ故に「殺し尽くし　焼き尽くし　奪い尽くした」の沖縄戦の「歴史が甦る」ことで、心底怯えていることを与那覇氏は伝えている。テレビやコマーシャルでは「沖縄の空」はハイビスカス赤花を見上げるように澄んだ青色が繰り返し流れて、多くの観光客を誘っている。しかし「沖縄の空」の実態は次のようであることを明記している。

沖縄の空は／一杯になった／傲慢な者たちの　甲高い声／邪悪な者たちの　うなり声／
無邪気だった空は／とうとう／一杯になった／盗人たちと　愚かな者たちの／騒々しい
　おどろおどろしい合唱

「沖縄の空」は、すでに「一杯になった」と告げている。「傲慢な者たちの　甲高い声」と

「邪悪な者たちの　うなり声」の「騒々しい　おどろおどろしい合唱」によって、どのように拷問のような日常を心身に与え続けさせているかを伝えている。その結果として次のような未来を与那覇氏は幻視していくのだ。

ふつふつと　怒りをたくわえる／小さき声を　静かに　積み上げる／真の敵を　空ににらんで／沖縄は　立つ／／貪欲な盗人たちが　奪えない／邪悪な愚か者たちが　持ち得ない／誇りと尊厳を　拳に握りしめ／人の証の　二本足で／空の下に／立つ

これ以上に沖縄の民意に反して基地と騒音と戦争の再来を強いてくるのならば、その「怒り」によって、「沖縄は　立つ」しか道は残されていないのではないか。「埃と尊厳を　拳に握りしめ」て「人の証の　二本足で／空の下に／立つ」しかないと、沖縄人の未来を思い描くのだ。

3

Ⅰ章のその他の詩篇で、沖縄の現状を見つめて、問題点を浮き彫りにして現実を少しでも変えることができないかを模索し、少しでも踏み出そうとする、心に刻まれる詩行を紹介したい。

詩「わたしの沖縄」では、「復帰五十年の沖縄は／鉄条網でぐるぐる巻きにされたまま／もう一度／ニョキ　ニョキ／列島から　突き出る／何万本、何百万本もの手で／差し出されようとしている／／ナイフとフォークを持った／大国のテーブルの上に」と、日本政府が沖縄を守ると言いながら、実はかつての琉球処分、沖縄戦、戦後の米軍統治のように大国間の取引の餌食にしているのではないかと強い不信感を抱いている。

詩「安和《あわ》の桟橋にて」では、「山を　削るのは　誰？／海を　埋めるのは　誰？／誇りある歴史を　削るのは／歴史の恥を　上塗りするのは　誰？／日本という名の下で　歴史を作るというあの人たち／琉球という名の下で　歴史に目をつぶるこの人たち／琉球という名の下で　共に罪を背負う　わたしたち／琉球が　琉球を売った……／報いを受けるのは／悲しいけれど／／わたしたちだ」と、辺野古海上基地を建設するために、日本政府や米軍だけでなく琉球の山河や海辺を売っても恥じない人びとに対して、沖縄の魂を売り将来に禍根を残すと語っている。

詩「黒い塊」では、《「もう要らない！」／と叫び続けたのに／また、いつのまにか／重い武器を　ぶら下げられ／よろめきながら　歩き始める》と、非戦を生きようとする沖縄人に米軍基地とその関係施設の七〇％を押し付け背負わせて、背中を押されて歩かされる悲痛さを告げている。

詩「抵抗の朝」では、《迫り来る黒い影におびえながら／立ち上がる／「土地規制法成立」／文字がつき刺さったままの／痛む胸を抱えて／心にぽっかりと空いた穴を抱えて／立ち上がる》と、沖縄の基地周辺や離島が「注視区域」として指定されると、様々な私権や人権の制限が与えれる可能性があることを懸念している。

詩「島」では、「そこから　少し遠い場所で／きびきびと　動き回る人達がいた／潮の満ち引きと　島人が繰りかえす日々／飛び散る陽光と　ちゅら海に群がる観光客の歓声／すべてを　きっぱり切り離し／まったくの　無関係さで／口を固く結び／海を越えた仮想敵国をにらみつけ／盛り土の弾薬庫を守り／遠く伸びたミサイル発射装置を／磨いている」と、先島諸島の島々で観光客が押し寄せて島言葉が消えて「リトル東京」が進んでいるが、その「少し遠い場所で」、「仮想敵国」へのミサイルの発射装置を磨いている自衛隊員が戦闘に備えており、島の文化も平和も共に揺らいでいることを伝えている。

詩「立ち尽くす人」では、「強き者に破壊されていく海を見つめて／灰色に染め変えられる青を見つめて／恐怖と不条理の有刺鉄線に囲まれて／／ただ／立ち尽くすしかない人達がいる」と、辺野古で「勝つまでは　あきらめない」不屈の人びとの存在を記している。

詩「日本列島の朝」では、《「明るいニュース」が／全国を　かけめぐる／／日本列島は笑いながら／明るく　沈み続ける／再びの闇へ／／その南の先／再びの人身御供／差し出された／沖縄が／怯える》と、沖縄の圧倒的な基地負担という犠牲によって日本本土の平和が成り立っているということに気付かない日本人たちに対して、復帰五十年を経ても沖縄人たちは怯えているのだと突き付けている。

4

Ⅱ章「一日のおわりに」（十一篇）では、詩「夜明け」などの朝の詩から始まり、日中には多くの人びとの多様な存在を取りこぼして世界は回っていくが、詩「一のおわりに」や詩「気づき」のような「夜は　人に／／優しかった」という、一日の自らの時間を懸命に生きる人びとの掛け替えのない時間を振り返って慈しんでいる。

Ⅲ章「人間」（十三篇）では、人間存在の悲しみやその多様な在り方を見つめて、他者や自己の内面の深層に隠蔽されていることを果敢に描き出そうと試みる。

例えば一番目の詩「普通の日」には「なぜ　人類は戦争をするのか？」という難解であるがシンプルな問い掛けがなされる。

二篇目の詩「人間」では、「悲しみのようなもの／が／人の背に　走っている」と人の背中に悲しみの光景を読み取っている。

五番目の詩「穴が空いた日本」では「気がつけば／まわりは／魂を食われた者たちばかりだ」と、自己の魂を失っていることに気付かないことの恐ろしさを暗示している。

六番目の詩「大きな声」では「せめて爆音の無い夜を」という願いも「遠い日本には届かないのだった」と行き場のない「大きな悲しみ」に落ちていくのだ。

十二篇目の詩「日本のガザ」では《「あなたたちは　私たちだ」／あなたたちは　私たちだったし／今日のあなたたちは　明日の私たちだ》と、与那覇氏はガザが沖縄の未来に見えてくる恐ろしい光景を透視して、そうならないことを願うのだ。

最後の詩「ギャップを見すえて」では、「言葉は　効率の良い大量生産ではなく／時間のかかる手作業で紡ぎ出されるものだった」と実感し、「目の前のギャップを見すえて／埋める作業にとりかかろう」と、他者との違いを越えて、言葉と言葉のギャップを越えていこうとする強い意志と希望を私たちに語りかけている。

与那覇恵子氏の中国・台湾・沖縄周辺の戦争前夜のような危機意識から発せられた詩篇には、現在の様々な困難な情況を見すえて、それでも言葉の逆説的なレトリックも駆使しながら、他者との言葉の「ギャップを見すえて」決して希望を失わない知恵が宿っている。沖縄を含めた多様な土地の文化や歴史を畏敬する多くの人びとに、この『沖縄の空』が読まれることを願っている。

あとがき

二〇一九年に出版した初詩集のタイトル「沖縄から　見えるもの」は、日本本土にいれば見えない、あるいは見たくない日本の姿であった。ロシア侵攻からのウクライナ戦争、イスラエルのガザ攻撃、そして米軍高官の突然の発言からの「台湾有事」という言説、不穏な世界情勢のなかで、さらに明瞭に見え始めてきた日本は、どのような日本なのだろうか。沖縄戦の悲惨さを体験した後の米軍占領下の苦難、基地無き平和を夢見た復帰後のさらなる基地負担や基地被害に苦しみ続ける沖縄は、今、また、戦場として差し出されようとする危機にある。本詩集のタイトルである「沖縄の空」は、今、米軍機と自衛隊機で青空が灰色に染まりそうな勢いだ。

本来なら詩はもっと幅広いテーマで書かれるべきなのかもしれない。しかし、沖縄にその余裕は与えられていない。俳句の分野でも季語を配して折々の季節を謳う俳句より、沖縄では季語を入れない俳句が多い。それは、四季がはっきりしていない故というよりも、重要なテーマが日常にありすぎる故である。ここまでの文章でおわかりのように、「沖縄は今また戦場として差し出される」「沖縄にその余裕は与えられていない」など、日本語は曖昧な言語で、特に受動態では、誰がそういう状態にしているのかが見えない。それが日本の政治のあいまいさと政治家が責任を取らないことを許す風土にも繋がっているのかも知れない。あいまいにすることで責任逃れをしたい場合に日本語は都合が良い言語であることを痛感させられる私自身の文章である。

さて、初の個人詩集を出したのは五年前だが、その時のためらいは、このような個人のつぶやきのような詩を公に出して良いのかというものだった。第二集を出すにもためらいがあったが、それは、それだけの詩を書いてきていないという思いがあったからだった。今回コールサック社の鈴木比佐雄氏に又もや背中を押していただいた格好だ。沖縄の慰霊の日六・二三に間に合わせて出版したいという氏のお気持ちも含めて、感謝申し上げたい。また、相変わらず怠惰な私の背中を突いて詩作を促して下さっている、同人誌「南瞑」の編集責任者である平敷武蕉氏にも改めて感謝申し上げたい。

二〇二四年五月

与那覇恵子

著者略歴

与那覇恵子（よなは　けいこ）

一九五三年、沖縄県生まれ。名桜大学元教授。文芸誌「南溟」、日本ペンクラブ各会員。

〔詩集〕
『沖縄から　見えるもの』（コールサック社）〔第三十三回福田正夫賞〕
『沖縄の空』（コールサック社）

〔評論集〕
『沖縄の怒り　政治的リテラシーを問う』（コールサック社）

〔翻訳書〕
『井上摩耶英日詩集　スモールワールド』（コールサック社）

『若松丈太郎英日詩集　かなしみの土地』〔共訳〕（コールサック社）

〔共著〕

『終わらない占領との決別』（かもがわ出版）

『Rethinking of the San Fracisco System in Indo-Pacific Security』（Palgrave Macmillan）

『楽しい英語授業』（明治図書）

『OKINAWA　THE PEACEFUL ISLAND』（文英堂）

『沖縄詩歌集　～琉球・奄美の風～』（コールサック社）

他多数

現住所　〒九〇三-〇八〇二　沖縄県那覇市首里大名町一-一一七-二

石炭袋

詩集　沖縄の空

2024年6月23日初版発行
著者　　　　　与那覇恵子
編集・発行者　鈴木比佐雄
発行所　株式会社 コールサック社
〒173-0004　東京都板橋区板橋 2-63-4-209
電話 03-5944-3258　FAX 03-5944-3238
suzuki@coal-sack.com　http://www.coal-sack.com
郵便振替　00180-4-741802
印刷管理　（株）コールサック社　制作部

装幀　松本菜央

落丁本・乱丁本はお取り替えいたします。
ISBN978-4-86435-619-0　C0092　￥1600E

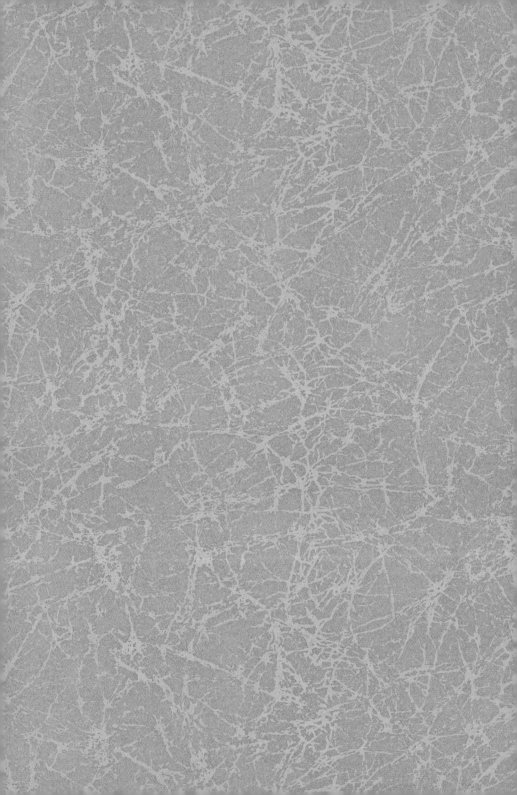